KB209245

별이 빛나는
서대문형무소

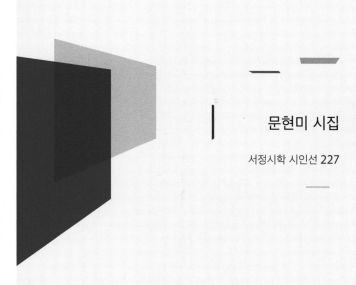

문현미 시집

서정시학 시인선 227

서정시학

폭설로 뒤덮인 긴 겨울의 밤
눈썹이 하얘지도록 붉은 최후를 맞고 있었다

머지 않아 짓밟힌 땅에 새봄이 오고
수선화 꽃대에 움트는 노란 미소가
방울방울 울려 퍼지는 그 날이 만개하리니

— 「별이 빛나는 동안 꽃은 피어나고」 중에서

서정시학 시인선 227

별이 빛나는 서대문형무소

문현미 시집

서정시학

시인의 말

오직 간절함이었다

온몸으로
빼앗긴 땅에 기어이 봄을 심은

눈부신 별들

두 손 오롯이 모아
다만 경배 드릴 뿐

여기서부터 천 년-
아름다운 별빛으로 빛나리라

2025년 봄
문현미

차 례

시인의 말 ∣ 5

프롤로그─천 년의 북 ∣ 11

1부

늦은 조문을 오다 ∣ 15
오래된 거기 ∣ 16
적막만큼 떨리다 ∣ 17
빙하기를 건너왔다 ∣ 18
눈부신 서릿발 ∣ 20
비로소 ∣ 22
등불을 켜다 ∣ 24
모란이 벙글 때까지 ∣ 26
나무가 말을 걸어 올 때 ∣ 28
어떤 수치 ∣ 30
바람의 길 ∣ 32

2부

별빛 아래 우리는 | 35

그래서 나는 | 36

얼음 전선 | 38

지금은 아무도 없다 | 40

불꽃을 읽다 | 42

절망이 앉을 뻔 했다 | 44

바로 그때 | 46

옥사의 안쪽 | 48

방패에 대하여 | 50

투혼에 대한 짧은 기록 | 51

울음의 힘 | 52

별이 빛나는 동안 꽃은 피어나고 | 54

울먹하다 | 56

3부

쉿! ┃ 59

꽃의 비밀 ┃ 60

간절한 하루 ┃ 61

그 벽 ┃ 63

백 년의 강을 건너다 ┃ 65

그리움은 종소리를 타고 ┃ 66

봉선화 예찬 ┃ 68

휘청거리는 오후 ┃ 69

간빙기가 없다 ┃ 71

다만 믿음으로 ┃ 73

길은 길을 만들고 ┃ 75

우두커니 ┃ 77

벼랑 끝에 서다 ┃ 78

바람의 힘 ┃ 79

에필로그—한 뼘의 희망으로 | 81

해설 | 한 뼘 희망으로 빛나는 눈부실 서릿발 | 유성호 | 83

천 년의 북

몸 속에 켜켜이 쌓인 눈물
천 년 소리꽃으로 피어날 때까지

목숨을 건 기다림이 있어야 한다
울음이 타는 겨울 강을 건너야 한다

하여
마침내 동터 오는 새벽을 맞으리니

북채를 잡아라, 둥둥 북을 쳐라
새 하늘, 새 땅을 맞을 때까지

붉은 바다 갈라지는 그때처럼
물을 포도주로 빚으신 그날처럼

1부

늦은 조문을 오다

어두운 계절의 칼날 채찍에
겨울 장도로 맞선

저 서릿발 기상 앞에서

슬픔의 온도에 대하여
분노의 부피에 대하여
통점의 깊이에 대하여

생각의 불을 켜는 시간

번쩍, 후려치는 죽비

지금
떨림은 너무 먹먹하다
부끄러움은 얼굴이 없다

오래된 거기

천정 가까이 애자의 전선은 끊어져 있다
송골매의 발톱으로 무장된 거기
언제라도 장전된 총구를 들이미는 거기
차마 눈 감지 못해 몸서리친 목숨들이
가뭇없이 공중으로 사라진 빈터
비애가 본드처럼 달라 붙어 목울대를 짓누른다
어떤 울분도 담아 낼 수 없는 하늘에는
양떼구름만 느린 걸음을 옮기고 있다
영하의 바닥에서 전 생애를 걸고
쏘아 올린 화살이 후들거리는 내 중심을
기어이 명중하고 말았다
처형 당한 자들, 그 백골의 시간 앞에서
떨고 있는 창백한 식물성의 발목
슬픔이 자라는 오후가 너무 길다

적막만큼 떨리다

붉은 벽에 걸린 현수막의 문장이
날이 선 단말마로 파고 든다

당신을 기억하겠다는 말의 아지랑이가
텅 빈 공중을 자꾸 밀어 올리고

돌아오지 않는 마음 끝자락-

감시의 눈길만 번뜩이던 그날
우뚝 선 망루, 긴 그림자의 침묵만큼
낡은 옥사에 휘도는 정적

무덤 같은 시간을 살아낸 누군가를 위해
한 방울 피조차 흘리지 못한
삶의 두꺼운 쇠창살, 툭-끊어진다

천둥처럼 내리치는 한마디
"그 길은 온몸으로 걸어야 닿는다!"

빙하기를 건너왔다

사는 게 빙산이었다가, 떠도는 유빙이었다가
검푸른 바닷속이었다가, 해저의 캄캄한 바닥이었다가

수시로 색깔을 바꾸는 카멜레온의 긴 혓바닥 같은
언제, 어떻게 덮칠지 모르는 짐승의 발톱 같은
불안과 공포가 찌륵찌륵 울음을 퍼뜨렸다

그곳은 미치도록 슬픈 빙하기

죄 없는 죄수들이 빼앗긴 계절의 감옥에서
모든 겨우살이를 버티고 있었다

사라진 봄, 가을의 끝자락을 지나
겨울보다 더 지독한 계절의 한가운데에서

날카로운 이빨을 드러내며
짓밟고, 할퀴고, 물어 뜯던 하이에나들의
먹이 사냥은 멈추지 않았다

시구문으로 쥐도 새도 모르게
버려지는 차디찬 주검들의 행렬

한 줄기 바람도, 한 톨의 햇살도
숨죽이고 지켜볼 뿐

살아도 산 자가 아닌 그들은
계절 너머의 그 날을 생각하며
유린에 맞서 목숨을 방패로 막아내려 했다

단단한 은빛 정신의 산정 아래
뜨겁게 불타올랐던 불, 불의 깃발 붙들고
끝없는 무진장으로 건넜다, 길고 긴 빙하기를

눈부신 서릿발

은하의 강을 건너온 햇살이
낡은 벽돌 틈새까지 스며든다

역사의 비밀이 기지개 켜는 시간

높은 담벼락 아래 오종종한 새싹들
제 뿌리의 완강으로 어둠을 견디며
어김없이 눈뜨는 봄날

혹한의 겨울 땅을 뚫고
어여쁜 풀꽃들 온 세상에 가득하리니

강풍이 결코 무섭지 않아서
폭우는 더더욱 두렵지 않아서

다만 목숨 걸고 지키고 싶었던
푸르디 푸른 강산이었다

피맺힌 울음 알알이 박힌 하늘 아래
울려 퍼졌던 마지막 서릿발 말씀

"나라에 바칠 목숨이 오직 하나밖에 없는 것만이
이 소녀의 유일한 슬픔입니다!"*

비로소

콩밥 한 덩이로 끼니를 채우고 있었다는
그 한마디에

빈대와 벼룩이 득실거리는 곳에서 버텼다는
캄캄한 고백에

염천에 똥통이 끓었고 악취가 온몸을 덮쳤다는
폭력적인 이상 기후에

어느 누구도 괴로워하지 않았고
샛별처럼 빛나는 눈들만 있었다고

이름도, 출신도, 고향도 다르지만
바라는 것은 오직
잃어버린 나라를 반드시 되찾겠다는
시퍼런 얼음장 절규에

와락, 떨고 있다

가진 것이라곤 목숨뿐이었던 그들
전부인 만신창이를 오롯이 던져서 얻고 싶었던
꿈의 발화는

생지옥 같은 겨울이 지나가고 난 뒤에야
피어났다, 비로소

등불을 켜다

바깥은 호기심으로 들뜬
인파들의 긴 행렬로 소란스럽다

역사의 공간에 발을 딛고 있는 내내
먼 곳의 당신에 대한 생각이 허기처럼 타올랐다

발화점을 낮추어 보려 해도
끓어오르는 슬픔, 분노, 수치의 불꽃들

겨우 억누르고 잠재우고 얻은
고요의 제단 앞에서

함부로 짓밟혔던 시대를 거슬러
바로 곁에 당신의 숨소리 들리는 듯
두근거리는 감정의 파동

살아온 날들과 살아갈 날들의
기름을 오롯이 쏟아 부어
사위지 않는 등불 하나 공손히 바친다

무저갱의 옥사에서
견디고 지켜냈던 마음의
높고 빛나는 강철의 시간을 위하여

모란이 벙글 때까지

아픔은 비껴서라
슬픔은 더 멀리 비껴서라

다만
저 높은 곳을 향한
뜨거운 결빙의 의지로

한 호흡도 물러설 수 없는
벼랑 끝, 필사의 고지전이다

세상 살면서 부대끼는
어떤 감정의 티끌도 끼어들 수 없으리니

누가 저들을 극한으로 몰고 갔는가

눈 먼 사랑의 무진장으로
동토의 땅, 몰아치는 광풍에 맞선 사람들

무릎 꿇을 필요 전혀 없다
양심을 저버릴 일 더더욱 없다

부디 잠잠하라

거룩한 분노마저 녹아내려
모란꽃 벙그는 홍보석의 계절이 돌아오리니

나무가 말을 걸어 올 때

백 년 동안 속으로만 울부짖어
제 몸에서 배어나온 슬픔을 말리며 견딘
한 그루 나무를 생각한다

높고 쓸쓸하게 빛나는 영혼들이
지구별 바깥으로 날아간 그날의 바람결

무수한 죽음을 지켜본 미루나무 앞에
피의 흔적 한 톨 남아 있지 않다

통곡의 소리가 하늘을 울린 빈터에서
불현듯 나무가 말을 걸어 온다

너는 언제 생피 쏟아 부은 적 있느냐?
어둠을 사르는 숲心으로 이룬 사랑을 위하여

감정의 풀들이 우거진 봄날

후드득 떨어지는 빗방울 틈새로
부서지는 마음을 한껏 구겨 넣는다

어떤 수치

형장 위에 노란 햇살이 와르르 쏟아진다
눈물 한 방울 묻어 있지 않다
붉은 피 한 방울 섞여 있지 않다

저 찬란한 방조 앞에서 무엇을 더 생각해야 하나

끝내 은폐될 것 같던 야만의 나날이
환幻의 사다리를 타고 슬금슬금 폐부를 찌른다

유배의 땅에 서린 잔혹이 가슴을 치는 때

빛 한 톨 스며들 수 없는
동굴 속 미로 같은 우울이
도깨비바늘처럼 자꾸 달라 붙는다

수치의 온도에 대하여 뜨겁게
수치의 부피에 대하여 냉정하게

손에 못 박히는 수치, 발에 끈적거리는 수치,

몸을 빙빙 싸고 도는 수치, 엉뚱스런 수치, 어리석은
수치……
산산히 쪼개지는 감정의 결이 풍경을 모두 차지한다

천 길 물속보다 더 깊은 형장으로의 길은
주검이 버려지는 한 쪽 모퉁이
증인처럼 지키고 있는 시구문으로 통한다

바람의 길

그들의 뼈 속에는
약속의 땅으로 가야 할 바람이 새겨져 있다

봄보다 먼저 올 청바람을 읽지 못한
나, 이제 허겁지겁 바람의 뒤축을 좇아
수천, 수만 겹 바람 속을 걸어가고 있다

바람의 옷을 입고 벗으며
수없는 그늘의 날들이 맥없이 오고 갔지만

흰 옷을 즐겨 입던 겨레의 새벽을 여는
바람은 죽었다 다시 살아난다 해도
닿을 수 없는 천상의 것이어서

바람 앞에 선 나는
한낱 어리석은 누추일 뿐이다

바람이 분다
오늘도 그 바람의 시간으로 살아야겠다
그립고 아득한 숭고의, 그 길을

2부

별빛 아래 우리는

일본 간수들이 살쾡이눈으로 서 있었다

녹슨 창살에 걸린 낮달과 핏발 선 바람만
냉기 서린 감방을 가득 메우고 있었다

때가 되면 이름 모를 죄목으로 옭아매어
하나, 둘씩 이슬 무덤으로 사라지고

그럴 때마다 어두운 밤 하늘엔
유난히 빛나는 신성이 떠 올랐다

높은 담장엔 어린 별들이 내려와
바람결에 반짝이는 발자국들이 어른거렸다

지금 우리 집 마당이 환하게 밝은 이유는

그래서 나는

저렇게
온몸에 갈망을 꽂고 나아간 적 있던가

까마득한 어둠의 바다
영혼을 고무질하며 피워 올린 소금꽃의
낮 그리고 밤의 시간들

벼랑 끝에 선 목마름으로

뜨거운 피
시퍼런 분노
멈출 수 없는 질주

단단하게, 위태롭게 날아오르는
간절한 바람의 회오리
높고 자욱하다

고요한 태풍의 시간

문득
나의 숲에서 잠자는 새를
흔들어 깨워 목청껏 외치고 싶은

비폭력적 연두의 한때

얼음 전선

한 몸 제대로 서 있기조차 힘든
여기

나라를 지키려는 절절한 비무장의 지대와
민족혼을 뿌리째 뽑으려는 무장의 지대가
공존하는 여기

번뜩이는 칼과 칼집 속의 칼이 부딪히는
공포의 여기

총과 칼로 누르면 누를수록
더 단단해지는
더 날카롭게 벼리는

정복자들은 결코 알 수 없다

목숨 너머
불의 눈동자들, 천 년 별빛으로 흐르는 것을

소리 없는 울음이 켜켜이 쌓여가는
여기

한 발짝도 비켜설 수 없는
영하의 최전선이다

지금은 아무도 없다

지상에는 지배하는 자와 지배를 받는 자가 있지요
엄청난 힘의 차이라고 믿고 싶겠지만
그건 다만 기회이거나 선택의 순간에서 비롯된
가벼운, 아주 가벼운 차이의 문제일 수 있겠습니다

동물의 세계가 아닌데 사람이 사람을 함부로 짓밟다니
어쩌면 언어도단 같은 느낌이 들 수도 있지요

사람과 사람 사이에는 보이지 않는
노을빛 강이 흘러야 한다고 믿었던 시절이 있었습니다
차라리 믿고 싶었던 순간들이 있었겠지요

사막의 와디같은 메마른 골짜기에도
어쩌다 비가 내리면 살맞나는 강물이 흐를테니까요

시간의 뗏목을 타고 그냥저냥 흘러가다 보니
어느 새 믿음의 지층이 흔들리고 약해지고 하다가
이제는 바닥이 훤히 드러나 거북 등짝이 되었습니다

옥사에 흘렀던 공기가 광기로 가득찬 공포였겠지만
가둔 자와 갇힌 자, 그 어느 누구도
지금은 살아 남아 있지 않습니다

울컥과 망연과 풀썩, 이런 낱말들이 자꾸만
목젖을 치고 올라오는 시간

무시무시했던 여기, 야만의 그날을 더듬으며
녹슬고 빛바랜 벽들과 패이고 금간 바닥을
물끄러미 마주하고 있을 뿐입니다

내 속에 언제라도 짐승으로 바뀔 수 있는
또 다른 내가 꿈틀거리고 있다는 모순 앞에서

불꽃을 읽다

누구도 나를 부르지 않았는데
자꾸만 목마른 외침이 들리는 듯

이제 얼굴 없는 부름에 내 모든 것으로 답한다

세상의 벼랑 끝에 선 감옥에
누르고 눌러도 죽지 않는 혼이 살아 있다
아무리 밟아도 사위지 않는 불이 솟고 있다

너무 늦게 와서 글썽이는 한 사람 있어
한마디 말, 비켜설 자리마저 없다

오랜 적막이 공중 계단을 오르내리고
백 년 전, 피와 눈물의 얼룩들이
완강한 어둠 속에 켜켜이 진을 치고 있다

어찌 거룩한 분노를 말할 수 있을까
어찌 외로운 울음을 대신 울 수 있을까

비록 당신의 몸, 다시 꽃피어나지 못할지라도
혹한을 뚫고 나온 얼음 정신을 기억하는 한

당신을 살아가야겠다, 뜨거운 슬픔의 불꽃을

절망이 앉을 뻔 했다

혼자였지만
결코 혼자가 아니었던 때가 있었다

하나이면서 여럿이고 모두인 그는
어두컴컴한 독방의 벽을 뚫고
도저히 나갈 수 없을 것만 같았다

온몸을 짓눌렀을 오래된 분노

절망이 벤치에 앉아 있다는
자크 프레베르의 시가 자꾸 떠올랐지만
그곳에 절망이 앉아 있지는 않았다

절망이 있어야 할 바닥에
뜨거운 희망이 가득 차오르고 있어

눈먼 자들에겐 아마도
불가사의한 기적의 장면일 수도

누구든지 날조된 죄를 뒤집어 씌워
용수를 덮어쓴 채 끌려갈 수밖에 없었던
어마어마한 폭압이 날뛰었던 그곳

태산을 무너뜨릴 듯한 기개로
운명을 거스르고 소금기둥으로 서 있었으리라

모든 것을 던져서 모든 것을 얻었고
죽었지만 죽은 것이 아니어서 영원히

한 번 뿐인 생에서 전부를 살았던 그는
지금 우리들 곁에 함께 숨쉬고 눈뜨고

바로 그때

그곳 담장은 누구도 넘어가지 못한다
다만 무시로
착한 바람과 새들만이 오가는데

아무 죄 없는 한 생이 형장을 떠나는
눈물조차 가위 눌리는 순간

마지막으로 부르짖는 외마디 비명이
허공을 찢으며 날아간다

살을 에는 바람이 휘몰아치는 동안
불의 의지로 준령을 넘었던 당신

목숨을 초개처럼 던진 흔적 앞에서
떨리는 심장에 큰 못 하나 박힌다

단단한 슬픔이 나무를 키우는 걸 안 것이
바로 그때이다

눈부신 인내가 잎새를 푸르게 하는 걸 안 것이
바로 그때이다

옥사의 안쪽

달빛조차 마음껏 내리지 못했던 여기

그때 본 하늘은 무슨 빛이었나요
그때 본 별들은 무슨 말을 하던가요

생살 찢기는 고통이 차가운 벽돌들을
때리고 짓뭉개고 있었는데

흘린 눈물은 얼마나 붉었던가요
쏟은 탄식은 또 얼마나 무거웠던가요

절망 너머 목마른 기도가 들리는 듯
지나간 바람의 거친 갈퀴에 찔려
역사의 마당에서 비틀거리고 있네요

오늘 내가 삼키는 울음이
무척 뜨겁네요

오늘 나를 흔드는 아픔이
무척 서늘하네요

목숨의 씨줄, 날줄로 엮은 흔적들
머리부터 발끝까지 휩싸며 돌고 도는데

방패에 대하여

사냥꾼이 함부로 쏜 화살은
종종 시위를 벗어나 허공으로 날아가거나
방패에 부딪혀 맥없이 고꾸라졌다

울타리 아래 묻혀 있는 뿌리들
온전히 한 송이 꽃으로 피어날 그 날을 꿈꾸며
땅의 팔뚝을 굳게 잡고 있다

쨍한 햇살을 반기듯 초록 손바닥을 흔들며
하늘을 향해 곧추설 줄기의 힘으로
보란 듯 활의 공격을 막아낼 것이다

어떤 화살이 무너뜨릴 수 있으랴

촘촘한 비무장의 꽃잎 방패 위로
거센 눈보라 한꺼번에 휘몰아칠지언정

꽃무리 환히 불 밝히는 나라에서는
적진의 누구라도 그저
한 방울 눈-물로 녹아 사라지고 말 것이니

투혼에 대한 짧은 기록

눈으로, 말로, 총으로
수없이 난도질을 했다

그러나
아무도, 아무것도
베지 못하고 쓰러뜨리지 못했다

그럴수록
더 간절해지고, 더 빛나는

칠흑의 한밤중 같은 울음으로
숱한 시간의 강을 건넜던
이름 모를 투사들의

이 나라, 이 땅
찬란한 영혼의 높푸른 향기

울음의 힘

당신이 소리쳐 부르짖었을 때
혼자가 아니었습니다

창살이 떨리고, 옥문이 덜컹거리고
하늘도, 땅도 부르르 떨었습니다

형무소의 높은 벽이 막을 수 있었을까요
녹슨 쇠창살로 막을 수 있었을까요
하물며 어느 간수가 막을 수 있었을까요

감옥 바깥의 누구라도
함께 부르짖었고 함께 울었습니다

통곡의 눈물이 냇물이 되고
긴 강물 굽이굽이 흐르고 흘러
멀고 먼 바다에 기어이 이르렀으니

커다란 울음의 강줄기 하나로
대한이 살았습니다, 대한이 살았습니다!

쉼없이 희망의 노를 젓겠습니다
다시는 쓰러지지 않을 돛대를 붙들고

이제부터는 아득히 천 년-
하얀 등대와 뭇별들이 길을 밝히는

뜨신 밥 목구멍으로 편히 넘기는 그곳으로
달빛 이불이 지친 발등을 덮어주는 그곳으로

백 년의 시간을 지나 도착한
빛바랜 부고장, 봄비에 젖고 있습니다

별이 빛나는 동안 꽃은 피어나고

하늘 아래
가장 눈부신 서사를 쓴 사람들이 있었다

흑암의 세력이 진을 치고 있었던
설한雪寒의 그날, 그때

모든 것을 잃은 것 같았지만
모든 것을 지니고 있었다

사슬에 묶여 있었지만
어느 누구도 구속을 받지 않았고

높고 푸른 마음의 길, 끝이 없어
무장무장 별이 빛나는 시간을 꿈꾸며

폭설로 뒤덮인 긴 겨울의 밤
눈썹이 하얘지도록 붉은 최후를 맞고 있었다

머지 않아 짓밟힌 땅에 새봄이 오고

수선화 꽃대에 움트는 노란 미소가
방울방울 울려 퍼지는 그 날이 만개하리니

울먹하다

만가를 실은 바람이
낡은 담벼락 안 구석구석에 분다

바람 상여 타고 휘이휘이 떠나간 길
한 걸음 떼면 수갑이 채워지는 듯

어마어마한 사랑에 빚져 숨쉬는 나는
한 그루 허기진 인간

나무 한 그루 심지 않고 그늘을 탐하였고
꽃씨 한 줌 뿌리지 않고 개화를 꿈꾸었으니
차마 하늘을 우러르지 못한다

아찔한 공중 무덤 사이
구슬프게 이어지는 상여꾼들의
젖은 목소리, 요령 소리 들리는 듯

하얗게 일그러진 낮달 아래
피 묻은 바람 몇 가닥 비틀, 비틀거린다

3부

쉿!

여기서부터
무거운 침묵의 현장이다

끝없이 타오르는
낯선 감정의 칼날이 빼곡한 오후

더할 것도, 뺄 것도 없는
맑고 높푸른 흔적 앞에서

잠시
온몸에 우레 지나가는 듯

안으로, 안으로 생피 흘리며
뚜벅뚜벅 사라진 발자국들

아득한 현깃증 너머
신기루처럼 어른거리는 얼굴들이여

꽃의 비밀

꽃이 진다고 한들
다시 피어나지 못할까

한 송이 꽃으로
어두운 세상을 물리칠 수 있으니

요란스런 저 칼바람마저
곡뭿을 멈추고 꽃피우는 일에 함께하리

몸서리치는 무저갱으로
끝내 떨어진 꽃다운 목숨들

벼린 호밋날도 단단히 엉킨
뿌리의 서슬을 베어내지 못했으니

기어이 다가올 봄날에
수천, 수만송이 꽃으로 피어나리

누가 함부로 꺾을 수 있을까
한겨울 폭풍을 이겨낸 그 꽃을

간절한 하루

온몸을 움크린 채 활이 되어
안으로 바르르 떨었던 때가 있었다

언제 활대에서 벗어날지 모를
서릿발 같은 새파란 긴장

툭 건드리기만 해도
가차없이 튀어오르며 날아갈 듯한
울분의 촉

과녁은 서늘했고 곳곳에 널려 있었다
어두운 천정을 뚫고 무수히 쏘아올린
수천, 수만의 화살들

솟구치는 비상의, 푸르른 힘으로
언제 사라질지 모를 남은 생의
간절한 하루, 하루를 버티고 견뎠다

살기 위해 사는 것이 아니라

지키기 위해 사는 것이라는
뜨거운 독백은 사위지 않는 말꽃이었다

모든 것을 겪고 난 뒤에야
완성이 되는 생이 있다는 것을

모든 것을 던지겠다는 각오 끝에
완성으로 나아가는 생이 있다는 것을

마침내 알게 된 순간의
찬란이 무지개빛 물보라를 일으킨다
하염없이

그 벽

사방이 온통 벽이다

벽이라고 생각하는 그 순간
벽은 오직 벽일 뿐이다

사람이 만든 벽이 가장 높다고
사람이 만든 벽이 가장 무섭다고
누군가 목청껏 외치지만

세운 때가 있으면
허물어질 때도 있는 법

달빛도 가만가만 스며들고
시나브로 바람도 드나드는데

넘으려고 다짐하는 그 순간
벽은 있어도 없는 벽일 뿐이다

벽을 벽이라고 믿으면 벽이고

벽을 벽이라고 믿지 않으면
그것은 다만 새로운 길이다

한 톨의 희망이 움트는
한 움큼 사랑이 흐르는

백 년의 강을 건너다

오월 아카시아의 하얀 밥풀 향기가
겁도 없이 형무소 문턱을 들락거린다

눈물 겹겹이 쌓인 깊고 그늘진 곳에서
하늘의 별을 품은 그대를 만났다

펄펄 타오른 한 심장 위에 떨리는 심장이 포개지고
부끄러움을 잊은 한 생애에 지각 변동이 인다

숨막히는 먹방에서 싸늘한 주검으로
그대는 떠났고, 나는 잉여인간으로 숨쉬고 있다

세상을 살리는 꿈을 꾼 그대로 인해
슬픔을 말리는 태양이 뜨고
분노를 다독이는 달빛, 소금꽃처럼 그득하다

백 년의 강을 꿈꾸듯 건너
그대와 나
같은 하늘을 이고 사는 혈족이 되었거늘

그리움은 종소리를 타고

쇠창살에 둘러 싸인 그대가 흘렸던
눈물과 땀, 전신에 박힌 고독과 슬픔이
매화나무가 마지막 꽃을 피우고 스러진 시간의
쪽배를 타고 내게 당도하였다

종지 가슴으로 담기엔 너무 벅차서 이슬 만큼이라도
녹고 녹아서 피어오르는 안개 같은 느낌만이라도
조금씩 그리고 천천히 받아 모시고 싶었다

어쩌면 풀꽃 같거나, 솔가리 같거나 아니면
겨와 같은 생의 바구니에 그대를 담아내기엔
대책없이 구멍이 숭숭 나 있어서
그냥 풀썩 주저앉아 버리고 싶기도 하였다

하지만 가파른 벼랑에 선 그대, 가슴 언저리에
높고 단단하고 빛나는 것들이 맴돌고 있어서
습기찬 마음을 모두 붙들어 차곡차곡 종탑을 쌓는다

떠나 갔으나 보내고 싶지 않은

여전히 살아 숨쉬는 아름다운 그대가 있는
별의 나라에 가닿을 수 있도록 힘껏 종을 친다

긴 적막이 쌓인 형무소의 구석구석을 지나
산 넘고 강을 건너 온 누리에 퍼져 나가는 종소리

꿈에서라도 만나고 싶은 그대, 정녕 들으시는가

능소화 붉게 여울지는 그리움의 강가에서
그대의 궤도에 발을 딛고 첨벙첨벙 걷고 있다

봉선화 예찬

울밑에 있어서 처량하다는 말 대신
울밑에 있어서 더 아름답게 꽃피울 수 있다는
희망의 노랫말로 옮겨 심는다

폭우 속에서 긴 땡볕 아래에서
꿋꿋하게 견디며 여린 꽃대에
붉은 꿈 주렁주렁 매달아 놓았으니

어여쁜 꽃송이 한 잎, 한 잎
무너지는 가슴에 빠알갛게 물들어
모진 비바람을 이길 봄의 노래를 부르나니

짓밟히고 다시 꺾이더라도
어둠 속 뿌리는 결코 뽑히지 않는다

백두대간의 땅에서 자란
누이의 맑은 혼을 어찌 뺏아갈 수 있으랴

휘청거리는 오후

짓밟힌 꽃잎들 자욱한 뒤안길이었다

어느 누가 이렇게 생각했을까
어느 누가 이렇게 행동했을까

누구는 목숨으로 양심을 팔아 먹었고
누구는 목숨으로 사랑에 울고 웃었으며
목숨을 목숨으로 여기지 않았던 누군가 있었다

무너지지 않을 만큼 떨리는 숨결 모두어
빼앗긴 나라를 위해 아낌없이 바친
뜨거워서 마지막 보루인 꽃잎들

옥사를 뒤흔들었을 선홍의 절규가
지금 길을 잃고 헤매는 후줄근한
나의 뺨을 마구 후려쳤다

살아도 살아 있지 않은
목숨줄 하나 제대로 붙들지 못한
수치, 커다란 수치였다

어슴푸레 낮달이 이끄는 길을 따라
병원놀이하는 어린아이처럼
짐짓 다리를 절둑거리며 휘청거리며

간빙기가 없다

처음부터 끝까지 빙기의 연속이다

진달래와 개나리는커녕 안개마저 필 수 없는
냉기만이 자욱한 유배의 땅

출구를 막아버린 자들은
콘크리트벽 같은 방어벽조차
언젠가는 무너져 내릴 수밖에 없다는 걸
까마득히 모른다

오랜 광란의 무지막지 앞에서
조금도 흔들리지 않는 찬란한 결기가
감옥의 지붕을 뚫을 기세다

복화술로 마음을 읽고 주고받는
은밀하고도 끈질긴 인내는
마침내

길고 긴 죽음의 터널 끝에

모든 억압의 사슬이 끊어지고
은빛으로 무장한 겨울의 눈빛이 흔들리는
해빙의 그 날이 오고 있는 것이다

쇄빙선이 아무 필요 없는
마음으로 벼린 바람칼의 공중 곡예로

하얀 목련이 피는 계절이
하늘 조각배를 타고 뭉게뭉게 돌아오고 있다

다만 믿음으로

천국과 지옥은
상상의 바다에서 건너온 상징일까
혹은 상징 너머 아득한 환상일까

물로 포도주를 빚으신 손을 붙든 사람들에게
그것은 어쩌면 바로 가까이 있는 것
몸으로, 마음으로 느끼고 만질 수 있는 것일까

살아서 지옥불에 있던 사람들이 있었다

신이 있다면, 정말 신이 있다면
아무 죄 없는 저들을
숨막히는 지하 감옥에서 건져낼 수 있다고
그냥 믿고 싶었다

그러나 거기 칠흑 감방의 현장에
신의 손길은 결코 닿지 않았다

시시각각 광기의 눈초리가 판을 치던 곳

뜨겁게 펄떡이던 심장의 박동과
눈부시게 타오르던 불의 꽃숭어리는
여전히 붉게 번지고 있었을텐데

목숨을 던져서 지키려 했던 결단은
용기라는 이름의 빛나는 진통제*라고
다만 순순히 믿고 싶었다

* 정여울.『서울신문』특별기고(2024. 10. 14.)

길은 길을 만들고

광야에 길을 내는
사람이 있다면

사막에 강을 내는
사람이 있다면

그 만약에서 만을 빼면 약이 되어
뭇사람을 살리게 된다는 것을
이제야 어렴풋이 알게 되었다

한 줄기 불빛을 찾아서
막막한 터널을 까막까막 걸어온 발자국들이
전 생애를 걸고 앞장선 길

여리게 보이지만 여리지 않았고
작아 보이지만 조금도 작지 않았고

모진 고문 앞에서 무릎 꿇지 않았기에
스스로 빛이 되어 불을 밝힌 투사들

신도 저 눈부신 결기와 인내 앞에서
슬그머니 자신의 영역을 내어줄 만큼

우두커니

보라, 여기
모나고 울퉁불퉁한 감정의 파편들

가시 넝쿨 빼곡한 마음의 감옥에서
빠져나오지 못하고 설설거린다

저기, 살아서는 갈 수 없는
먼 그곳의 당신들이 남겨두고 간
불멸의 흔적이 있다

사랑이라는 이름의 아름다운 유산

뭇 생명을 품고 살릴 수 있는
언제, 어디서나 생수의 강이 흐르는

어떤 형벌도 이길 기상이 서린
스올의 감방, 깊은 어둠의 끝자락에

뒤늦게 부끄러운 한 사람
후미진 길모퉁이에 밤처럼 서 있다

벼랑 끝에 서다

뒤로 물러서면
걸림 없는 허공, 한 줌 재로 흩날리고

앞으로 나아가면
칼끝 꼿꼿이 세운 막다른 길이다

이미 유폐된 목숨
더 이상 붙들 이유가 있으랴

상처 투성이의 육신은
언제라도
버릴 각오로 더없이 단단하다

아스라한 벼랑 끝에서
먼 하늘을 향해 사뿐 날아오를
그 날을 기다리는 충만으로

바람의 힘

감히 발을 딛고 설 수 있으랴
눈거플조차 마음껏 덮을 수 없던 그곳

천길 낭떠러지 앞에서 울분을 딛고
분연히 일어선 목소리들 있어

함부로 얽어맨 사슬을 마침내 끊어내고
잔혹한 옥사의 경계를 넘어
땅의 길을 만들고, 하늘길도 열어 놓았다

처음부터 끝까지, 온 생의 무게로
눈보다 더 하얗게 빛나는 바람을 품고
죽음 너머의 기개로 지켜낸 강산은

얼룩백이 황소가 느린 걸음으로 쟁기질하고
진달래 꽃무리 사무친 그리움으로 물드는 곳

여기 풋보리들 기지개 켜는 초록 물결
들녘마다 출렁인다, 에헤야, 데에야

파릇한 현으로 희망을 켜는 계절이 돌아오고

한 뼘의 희망으로

붉고 싱싱한 피의 힘으로

백두대간의 능선을 내달리는
찬란한 용기와

아무리 짓밟아도 튀어 오르는
푸른 맥박의 속도로

목울대 들썩이는 시대를
간절하게, 끈질기게 건너 온 것이다

그때, 그 자리는 빼앗긴 땅
끝 모를 슬픔의 벽을 뛰어 넘어

오직 한 뼘 희망으로
산과 들에 능금이 주렁주렁 열리는
파란 꿈의 계절을 꿈꾸었으니

누가 있어 막을 수 있나
누가 있어 멈추게 할 수 있나

어둠을 깨치고 새벽처럼 찾아올 그 날을
우리 모두 신명의 춤사위로 맞이할 그 날을

한 뼘 희망으로 빛나는 눈부신 서릿발

유성호(문학평론가, 한양대학교 국문과 교수)

1. 아름다운 역사 궁구窮究의 상상력

문현미文賢美 시인의 『별이 빛나는 서대문형무소』(서정시학, 2025)는 광복 80주년을 맞아 펴내는 한 시대의 도록圖錄으로서, 흔치 않은 역사적 의미와 가치를 풍요롭게 견지한 기념비적 시집으로 다가온다. 시인은 "온몸으로/빼앗긴 땅에 기어이 봄을 심은//눈부신 별들"(「시인의 말」)을 일일이 회억回憶하면서 광활한 역사로 확장해가는 시선과 필치를 세련된 의장意匠으로 보여준다. 아닌 게 아니라 시인은 서정시의 시간 예술로서의 속성을 매우 충실하게 구현하면서 한 시대를 형성하고 규율해온 저항의 축을 아름답게 구축하고 펼쳐낸다.

이처럼 우리가 지나온 역사의 험로와 광영을 동시에 재구再
構하는 데 심혈을 기울인 시인은 우리 공동체를 지켜준 인물
들을 호명하면서 그분들에 대한 일관된 숭모의 마음을 건네
고 있다. 서정시가 수행하는 이러한 원리를 따라 우리는 가
장 아름다운 역사 궁구窮究의 상상력과 조우하게 된다. 그만
큼 이번 시집은 역사의 한 모퉁이를 환하게 밝혀준 분들의
생애에 대한 외경과 그리움을 주된 원리로 삼아 가장 숭고
한 삶의 원형을 그려내고 있다. 이러한 원리야말로 민족적
동일성 확인에 커다란 공헌을 하면서 동시에 서정시의 확장
가능성을 크게 암시해주고 있다 할 것이다.

　우리가 잘 알듯이 한국 근대사는 국가 상실기를 관통해왔
고, 그만큼 평화롭고 자족적인 삶을 누리기 힘들었던 시간
을 배경으로 하고 있다. 그 시대의 산물인 서대문형무소는
1908년 조선통감부가 항일세력을 탄압할 목적으로 만든 감
옥이다. 한용운, 유관순 등이 독립선언과 독립만세운동으로
인해 이곳에서 옥고를 치렀다. 이밖에도 서대문형무소는 일
제강점기에 양한묵, 강우규, 안창호, 여운형 등 수많은 독립
운동가들이 수감된 곳이기도 했다. 이곳에 갇혀 차가운 시
간을 보낸 이들의 고통을 일일이 구성하면서 시인은 그분들
이 지향했던 저항의 힘을 노래하고 있는데, 사실 '저항'이란
인간 존엄성을 해치는 유형, 무형의 폭력에 대항하여 자신
의 존재값을 드러내는 행동, 사유 등을 포괄하는 개념이다.
그 안에는 어떤 하나의 힘에 대한 반작용 곧 역동성逆動性이

핵심으로 담겨 있게 마련이다. 따라서 그것은 이미 형성된 권력에 대해 반대하는 힘으로서 정당방위적 일면을 띤다. 그 점에서 일제강점기에 펼쳐진 독립운동은 가장 전형적인 저항의 모습으로 충일하다 할 것이다. 이제 그 힘겹고도 힘찬 시공간을 향해 한 걸음씩 들어서 보도록 하자.

2. 절제된 목소리가 암시해 주는 인류 보편의 가치

일제강점기의 형무소는 그 자체로 독립운동의 주역들이 투옥되고 고문이 자행된 비장한 장소이다. 이때 수난을 받은 분들의 고통과 영광을 형상화한 이번 시집은 그분들의 삶에 대한 형상적 복원과 함께 공공적 가치에 관한 질문을 동시에 수행해가고 있다. 문현미 시인은 한편으로는 언어를 통해 한편으로는 언어를 초월하면서 그러한 목표를 천천히 실현해간다. 그렇게 그의 시편은 그분들이 겪었을 통증과 상처에 대한 기억을 잔상殘像으로 점화함으로써 그 안에 담긴 역사적 의미를 유추적으로 보여준다. 이때 시인은 역사의 흐름을 따라 공동체적 상흔을 상세하게 재현함으로써 그것을 치유해가는 제의祭儀를 동시에 치러내고 있다. 그리고 우리는 선연하게 살아 있는 역사로 언어적 확장 과정을 보여준 시인의 혜안을 따라 그 모진 세월로 선뜻 잠입해보게 된다. 다음 시편을 먼저 읽어보자.

몸 속에 켜켜이 쌓인 눈물
천 년 소리꽃으로 피어날 때까지

목숨을 건 기다림이 있어야 한다
울음이 타는 겨울 강을 건너야 한다

하여
마침내 동터 오는 새벽을 맞으리니

북채를 잡아라, 둥둥 북을 쳐라
새 하늘, 새 땅을 맞을 때까지

붉은 바다 갈라지는 그때처럼
물을 포도주로 빚으신 그날처럼
　　　　　　　　　　—「프롤로그—천 년의 북」 전문

　시집의 '서시'격으로 쓰인 이 작품은 '서대문형무소'라는
공간을 상징적으로 전경화하고 있다. 그 안에는 "몸 속에 켜
켜이 쌓인 눈물"과 "천 년 소리꽃으로 피어날 때까지//목숨
을 건 기다림"이 있다. 이제 그 눈물의 기다림은 "울음이 타
는 겨울 강"을 건너 "마침내 동터 오는 새벽"을 맞을 것이다.
이 '눈물-기다림-울음'으로 이어진 고통의 수난사가 마침내
이를 '새벽'을 위하여 우리는 북채를 잡고 북을 쳐야 한다고
시인은 말한다. 그 '새벽'이야말로 "새 하늘, 새 땅"이요 "붉

은 바다 갈라지는 그때"와 "물을 포도주로 빚으신 그날"을 재현한 '천 년의 북'의 결과가 아닐 것인가. 이때 "새 하늘, 새 땅"이나 "붉은 바다 갈라지는 그때"와 "물을 포도주로 빚으신 그날"은 모두 '시인 문현미'의 종교적 상상력이 역사와 결속하는 진귀한 순간이 아닐 수 없다. 시인은 서대문형무소를 채우고 있는 "서릿발 기상 앞에서"(「늦은 조문을 오다」) 한 순간 "어둠을 사르는 全心으로 이룬 사랑"(「나무가 말을 걸어올 때」)을 떠올려본다. 그 사랑의 힘으로 우리는 오늘 이렇게 역사의 새벽을 맞이할 수 있었을 것이다.

> 은하의 강을 건너온 햇살이
> 낡은 벽돌 틈새까지 스며든다
>
> 역사의 비밀이 기지개 켜는 시간
>
> 높은 담벼락 아래 오종종한 새싹들
> 제 뿌리의 완강으로 어둠을 건디며
> 어김없이 눈뜨는 봄날
>
> 혹한의 겨울 땅을 뚫고
> 어여쁜 풀꽃들 온 세상에 가득하리니
>
> 강풍이 결코 무섭지 않아서
> 폭우는 더더욱 두렵지 않아서

다만 목숨 걸고 지키고 싶었던
푸르디푸른 강산이었다

피맺힌 울음 알알이 박힌 하늘 아래
울려 퍼졌던 마지막 서릿발 말씀

"나라에 바칠 목숨이 오직 하나밖에 없는 것만이
   이 소녀의 유일한 슬픔입니다!"*
                              —「눈부신 서릿발」전문

   '서릿발'은 육사陸史의 "서릿발 칼날진 그 위에 서다"(「절정
絶頂」)라는 구절을 통해 우리에게 각인된 또렷한 역사적 상징
이다. 문현미 시인은 유관순 열사의 마지막 말씀에서 그 '눈
부신 서릿발'을 발견한다. "은하의 강을 건너온 햇살"이 낡은
형무소 벽돌 틈으로 번져가 "역사의 비밀"로 몸을 바꿀 때,
그 서릿발은 어둠을 견디고 봄날에 눈을 뜨는 "새싹들"이나
혹한의 겨울 땅을 뚫고 세상을 채워가는 "풀꽃들"로 이어져
간다. 이 모든 것이 "목숨 걸고 지키고 싶었던/푸르디푸른
강산"의 제유提喩일 것이다. 그렇게 피맺힌 울음 박힌 하늘
아래 울려 퍼진 열사의 마지막 말씀은 '눈부신 서릿발' 그 자
체였을 것이다. "나라에 바칠 목숨이 오직 하나밖에 없는 것
만이/이 소녀의 유일한 슬픔입니다!"라는 범접할 수 없는 깨
끗한 수난과 죽음 앞에서 지금 우리는 경의를 다해 고개를
숙일 뿐이다. 그만큼 "몸서리친 목숨들이/가뭇없이 공중으

로 사라진 빈터"(『오래된 거기』)에서 시인은 "낡은 옥사에 휘도는 정적"(『적막만큼 떨리다』)과 함께 "한겨울 폭풍을 이겨낸 그 꽃"(『꽃의 비밀』)을 불러보는 것이다.

이처럼 문현미의 시편은 한 시대의 구체성과 그 역사에 대한 신뢰를 일관되게 견지하면서, 사회 역사적 상상력과 시적 언어가 만나는 지점에서 자신의 사유와 감각을 드리우고 있다. 먼저 가신 분들의 삶과 남은 이들의 사랑을 하나로 관통하는 상상력의 통합 과정을 거치면서 궁극적인 자기 긍정에 가닿고 있는 것이다. 그렇게 그의 시는 굵고 깊은 역사의 세계로 들어가면서 세계의 폭력성과 그로 인한 수난의 흐름이 근대사의 어김없는 실상이었음을 채록하고 증언한다. 하지만 시인이 그것을 고발적 어조로 수행하는 것은 결코 아니다. 오히려 그는 그것들을 절묘한 원초적 사랑의 의미로 일관되게 담아냄으로써, 절제된 목소리와 함께 인류 보편의 가치로서 암시해주는 것이다. 단연 아름답고 눈부신 순간이 아닐 수 없다.

3. 가장 숭고하고 근원적인 긍정의 서사

이렇듯 문현미 시인이 들려주는 목소리는 우리 근대사를 살아온 열정적인 애국 서사의 상상력에서 현저하게 발원하고 있다. 사실 지난 세기의 우리 공동체는 가난과 분쟁과 폭력의 시대를 온몸으로 관통해왔다. 이에 대응하여 시인은 인간의 가치를 억압했던 시대에 대해 근원적인 비판의 목소리를 발하고 있다. 또한 그는 서정시의 시간성을 밀도 있게 담아내면서 고통스럽게 흘러간 시간을 한결같이 응시하고 표현해간다. 그 점에서 그는 현실에 긴박되지 않고 오히려 현실을 전유하면서 가장 숭고하고 근원적인 긍정의 서사를 담아내고 있다고 할 수 있다. 이 또한 문현미 시편만의 개성적 면모요 최근 우리 시단이 거둔 크나큰 수확이라 할 것이다.

저렇게
온몸에 갈망을 꽂고 나아간 적 있던가

까마득한 어둠의 바다
영혼을 고무질하며 피워올린 소금꽃의
낮 그리고 밤의 시간들

벼랑 끝에 선 목마름으로

뜨거운 피
시퍼런 분노
멈출 수 없는 질주

단단하게, 위태롭게 날아오르는
간절한 바람의 회오리
높고 자욱하다

고요한 태풍의 시간

문득
나의 숲에서 잠자는 새를
흔들어 깨워 목청껏 외치고 싶은

비폭력적 연두의 한때

—「그래서 나는」 전문

　이 작품 역시 우리 역사의 험난한 흔적이 '감옥'이라는 폐
쇄공간에 남아 있는 것을 실증하면서 그 안에 담긴 역사적
가치를 노래하는 데로 힘차게 나아간다. 그곳에는 "온몸에
갈망을 꽂고 나아간" 이들의 "까마득한 어둠의 바다"와 "영
혼을 고무질하며 피워올린 소금꽃"의 시간이 아프게 남아
있다. 벼랑 끝에 선 목마름과 핏빛 분노야말로 그러한 질주
를 가능케 했던 힘이었을 것이다. 간절한 바람의 회오리와
고요한 태풍의 시간이 공존하는 형무소에서 시인은 목청껏
외치고 싶어진다. 그 목소리에 배인 것은 "비폭력적 연두의
한때"일 것이다. 이러한 자각과 동일화의 순간은 시인 스스
로에게 건네는 실존적 승인이요 역사를 향한 가열한 의지가
반영된 것일 터이다. 시의 제목 "그래서 나는"이 보여주는
것처럼, 눈부신 광휘가 번져오는 순간 '나'라는 1인칭은 "무
저갱의 옥사에서/견디고 지켜냈던 마음의/높고 빛나는 강철

의 시간을 위하여"(「등불을 커다」) 살아갈 것을 다짐하고 있다. "단단한 은빛 정신의 산정 아래/뜨겁게 불타올랐던 불"(「빙하기를 건너왔다」)은 그렇게 세대를 격隔하여 전해지고 또 이어져 간다.

한 몸 제대로 서 있기조차 힘든
여기

나라를 지키려는 절절한 비무장의 지대와
민족혼을 뿌리째 뽑으려는 무장의 지대가
공존하는 여기

번뜩이는 칼과 칼집 속의 칼이 부딪히는
공포의 여기

총과 칼로 누르면 누를수록
더 단단해지는
더 날카롭게 벼리는

정복자들은 결코 알 수 없다

목숨 너머
불의 눈동자들, 천 년 별빛으로 흐르는 것을

소리 없는 울음이 켜켜이 쌓여가는
여기

한 발짝도 비켜설 수 없는
영하의 최전선이다

―「얼음 전선」전문

　나아가 서대문형무소는 '얼음 전선'이라는 이미지를 불러
온다. 몸 하나 제대로 서 있기 힘든 그곳에는 나라를 지키려
는 비무장과 민족혼을 뽑으려는 무장이 공존했던 역사 현장
이다. "번뜩이는 칼과 칼집 속의 칼이" 부딪치는 곳이기도
하다. 이러한 역사의 난경難境 앞에서 더 단단해지고 날카롭
게 벼려지는 "목숨 너머/불의 눈동자들"은 여전히 오늘도 천
년 별빛으로 흐르고 있다. 소리 없는 울음이 쌓여가는 "영하
의 최전선"에서 시인은 돌올한 열망과 의지를 읽고 있는 것
이다. 이러한 힘찬 시인의 내면은 이번 시집에서 "저 높은
곳을 향한/뜨거운 결빙의 의지로"(「모란이 벙글 때까지」) 나타
나기도 하고, 겨레에 대한 "사랑이라는 이름의 아름다운 유
산"(「우두커니」)으로 흰칠하게 이어져가기도 한다.
　결국 문현미의 이번 시집을 추동하는 힘은 인간과 역사 탐
색을 통해 자기 긍정에 이르는 정결한 시심詩心에 있을 것이
다. 이때 그의 '시쓰기'는 시인 자신의 나르시시즘에 목표를
두지 않고, 타자를 포괄하고 타자의 삶에 충격을 주려는 확
장된 면모로 이월해간다. 따라서 타자의 삶과 역사에 대한
관심을 공동체의 차원에서 사유하는 것은 문현미 시의 심층
적 동기가 되고 있다. 말할 것도 없이 그의 시는 이러한 서정

시의 본령을 극점에서 심화하고 확장한 사례로 다가오면서, 인간의 윤리적 지층을 재생산하는 귀중한 사역을 감당해내고 있다. 그리고 이러한 작업은 변모하는 시류에 따라 갑작스레 몸을 바꾼 것이 아니라 꾸준히 자신의 세계를 심화시켜온 시인의 윤리적 감각과 자기 성찰의 과정에서 우러나온 것이라는 점이 매우 소중하게 다가오고 있다.

4. 그리움은 우물 속에서 점화하는 불꽃처럼

두루 알다시피 서정시는 구체적인 시공간을 선연하게 재현하고 지금 일어나는 내면적 자각을 거기에 통합하는 순간적 정서의 기록이다. 이때 시인의 내면에 오랫동안 담겨 있던 원체험原體驗이 시인 자신으로 하여금 시쓰기를 가능하게 해주는 창의적 귀속처가 되어주는 것이다. 어쩌면 모든 시인은 스스로의 원체험을 끝없이 변형하고 선택하면서 자신만의 개성을 구현해 가는지도 모른다. 말하자면 훌륭한 시인은 구체적 시공간의 기억과 원체험의 예술적 변형 능력에 의해 태어난다고 할 수 있을 것이다. 문현미 시인은 남다른 기억을 통해 구체적인 시공간의 원체험들을 수집하고 변형하면서 시인 스스로 갈망하는 삶의 형식을 훌륭하게 담아내고 있다. 역사의 광장을 질주해온 이들의 가열한 존재론을 이곳에서 통찰하고 표현함으로써 이러한 궁극의 순간을 적

극적으로 탐구해가는 것이다. 이번 시집이야말로 그러한 시인의 순연한 기억 속에 숨겨진 역사적 순간을 통해 우리의 서정적 자각을 불러오고 있다는 점에서 탁월한 경지를 개척하고 있다 할 것이다.

그곳 담장은 누구도 넘어가지 못한다
다만 무시로
착한 바람과 새들만이 오가는데

아무 죄없는 한 생이 형장을 떠나는
눈물조차 가위 눌리는 순간

마지막으로 부르짖는 외마디 비명이
허공을 찢으며 날아간다

살을 에는 바람이 휘몰아치는 동안
불의 의지로 준령을 넘었던 당신

목숨을 초개처럼 던진 흔적 앞에서
떨리는 심장에 큰 못 하나 박힌다

단단한 슬픔이 나무를 키우는 걸 안 것이
바로 그때이다

눈부신 인내가 잎새를 푸르게 하는 걸 안 것이
바로 그때이다

—「바로 그때」 전문

여기서 '바로 그때'는 과거와 현재와 미래를 모두 통합하는 통通시제의 보편성을 가진 채 생성된다. 바람과 새들만 오갈 수 있는 "그곳 담장"을 넘어 "아무 죄없는 한 생이 형장을 떠나는" 순간, "외마디 비명이/허공을 찢으며 날아간" 순간, "살을 에는 바람이 휘몰아치는 동안/불의 의지로 준령을 넘었던" 순간, '당신'이 목숨을 초개처럼 던진 순간은 모두 "단단한 슬픔이 나무를 키우는" 이치를 알려준 거룩한 '바로 그때'이다. "눈부신 인내가 잎새를 푸르게 하는 걸 안" 그때야말로 민족적 자각과 함께 가장 성스러운 죽음과 부활의 순간이기도 할 것이다. "그들의 뼈 속에는/약속의 땅으로 가야 할 바람이 새겨져"(「바람의 길」) 있고, "한 톨의 희망이 움트는/한 움큼 사랑이 흐르는"(「그 벽」) 것이다. 이 모든 것이 우리 역사의 젖줄이요 뜨거운 현장이요 상징적 거소居所요 궁극적 귀속처일 것이다.

하늘 아래
가장 눈부신 서사를 쓴 사람들이 있었다

흑암의 세력이 진을 치고 있었던
설한雪寒의 그날, 그때

모든 것을 잃은 것 같았지만
모든 것을 지니고 있었다

사슬에 묶여 있었지만
어느 누구도 구속을 받지 않았고

높고 푸른 마음의 길, 끝이 없어
무장무장 별이 빛나는 시간을 꿈꾸며

폭설로 뒤덮인 긴 겨울의 밤
눈썹이 하얘지도록 붉은 최후를 맞고 있었다

머지않아 짓밟힌 땅에 새봄이 오고
수선화 꽃대에 움트는 노란 미소가
방울방울 울려 퍼지는 그 날이 만개하리니
　　　　　－「별이 빛나는 동안 꽃은 피어나고」 전문

　이 시편의 제목은 그 자체로 형무소에 갇힌 '별'과 바깥 공
간에 피어난 역사의 '꽃'을 호혜적 심상으로 그려놓았다. 이
땅을 밤새 비추던 '별'은 하늘 아래 "가장 눈부신 서사를 쓴
사람들"의 은유일 것이다. '흑암'과 '설한'을 넘어 모든 것을
지니고 있었던 그들은 높고 푸른 마음의 길 또한 동시에 지
니고 있었다. 그렇게 별이 무장무장 빛나는 시간을 꿈꾸면
서 겨울밤에 "붉은 최후"를 맞았지만, 그 땅에 새봄이 와 꽃
은 어김없이 피어난다. 그렇게 꽃이 만개하는 그날, 우리 역
사는 "별이 빛나는 동안 꽃은 피어나고" 있었던 것이다. "죽
었지만 죽은 것이 아니어서 영원히"(「절망이 앉을 뻔 했다」) 살

아 있는 그분들 족적은 그렇게 "이 나라, 이 땅/찬란한 영혼의 높푸른 향기"(「투혼에 대한 짧은 기록」)를 우리에게 전해준 것이다.

서정시의 가장 중심적인 기능 중 하나는 부재하는 대상에 대한 그리움의 순간을 새기는 데 있다. 우리는 서정시를 쓰고 읽음으로써 기억의 이면에 숨은 오랜 시간을 다시 체험하고 그 시절의 순간과 장면을 다시 만나게 된다. 문현미의 시는 한 시대의 정치적 전위前衛들에게 이러한 순간적 광휘를 부여해간다. 그 광휘란 우리가 살아오면서 잃어버린 근원적 속성이자 원리이기도 할 것이다. 그만큼 그의 시는 유의미한 삶에 대한 그리움에 매진함으로써 우리 시대의 불모성과 상실감에 대한 유력한 대안적 세계를 선사하고 있다. 그 언어의 심연 속으로 오랜 그리움이, 우물 속에서 점화하는 불꽃처럼, 천천히 퍼져가고 있다. 아름다운 한 시대의 원형을 복원하고 펼쳐낸 형무소라는 공간에서 그리움의 기억은 그렇게 아득하게 생성되어간 것이다.

5. 시간의 적층積層 속에서 역사를 해석하는 서정적 실례

서정시는 대상을 향한 지극한 사랑의 마음으로 어떤 존재론적 원형에 가닿고자 하는 지향을 멈추지 않는다. 이러한 지향은 시인으로 하여금 때로는 커다란 스케일로 때로는 미

시적 세공으로 가치의 중심을 설계하게 함으로써, 구체적인 순간으로부터 생성하여 어떤 항구적인 시간을 상상하려는 뜻을 극대화하게 해준다. 이때 시인이 수행해가는 작업은 삶의 종요로운 가치를 탐구하는 데 가장 적절한 사유 형식을 띠게 된다. 문현미 시인은 형무소에 갇힌 부자유한 몸들과 맞닥뜨리면서 이러한 역설의 항체抗體를 찾아내고 그것을 다시 탈환하려는 과정을 충만하게 치러간다. 특별히 '서대문 형무소'는 그러한 의지를 불가피한 시간의 흐름과 가역적可逆的으로 만나게끔 해준다. 그렇게 시인은 의식의 저류底流에 오래고 오랜 수난과 저항의 시간을 배치하면서 스스로 역사의 최전선에 서고 있다.

　　천국과 지옥은
　　상상의 바다에서 건너온 상징일까
　　혹은 상징 너머 아득한 환상일까

　　물로 포도주를 빚으신 손을 붙든 사람들에게
　　그것은 어쩌면 바로 가까이 있는 것
　　몸으로, 마음으로 느끼고 만질 수 있는 것일까

　　살아서 지옥 불에 있던 사람들이 있었다

　　신이 있다면, 정말 신이 있다면
　　아무 죄 없는 저들을
　　숨 막히는 지하 감옥에서 건져낼 수 있다고

그냥 믿고 싶었다

그러나 거기 칠흑 감방의 현장에
신의 손길은 결코 닿지 않았다

시시각각 광기의 눈초리가 판을 치던 곳

뜨겁게 펄떡이던 심장의 박동과
눈부시게 타오르던 불의 꽃숭어리는
여전히 붉게 번지고 있었을 텐데

목숨을 던져서 지키려 했던 결단은
용기라는 이름의 빛나는 진통제라고
다만 순순히 믿고 싶었다

                                   —「다만 믿음으로」전문

　이 시편에서 다시 한 번 문현미 시인의 종교적 상상력이
빛을 발한다. '다만 믿음으로'라는 제목도 그러한 성과를 방
증한다. 살아 지옥 불에 있던 이들을 생각하면 "천국과 지
옥"이라는 구분도 아득한 환상일지 모를 일이다. 하지만 "물
로 포도주를 빚으신 손을 붙든 사람들"에게 그것은 가까이
있어 몸으로, 마음으로 느끼고 만질 수 있는 것이 아닌가. 하
지만 정말 신이 계신다면 아무 죄 없는 저들의 숨 막히는 고
통은 어떻게 설명할 수 있을까. 그러나 시인은 그분들이 지
하 감옥에서 건져질 수 있을 거라고 순순히 믿고 싶었다고

한다. 비록 칠흑 감방에 신의 손길이 닿지 않았다 하더라도, "심장의 박동과/눈부시게 타오르던 불의 꽃숭어리는/여전히 붉게 번지고 있었을" 그곳에서 "목숨을 던져서 지키려 했던 결단"을 믿는 시인의 품과 격은 의연하고 굳건하다. 이 믿음의 원질原質이 바로 "온몸으로 걸어야 닿는"(「적막만큼 떨리다」) 그분들 생애요, "그립고 아득한 숭고의"(「바람의 길」) 시간들이 었을 것이다. "목숨의 씨줄, 날줄로 엮은 흔적들"(「옥사의 안쪽」)을 휩싸고 도는 아름다운 이러한 회오리야말로 "신도 저 눈부신 결기와 인내 앞에서/슬그머니 자신의 영역을 내어줄"(「길은 길을 만들고」) 것 같은 순간이 아니었겠는가. 융융하고 가없는 성스러움이 행간마다 넘쳐나고 있다.

붉고 싱싱한 피의 힘으로

백두대간의 능선을 내달리는
찬란한 용기와

아무리 짓밟아도 튀어오르는
푸른 맥박의 속도로

목울대 들썩이는 시대를
간절하게, 끈질기게 건너온 것이다

그때, 그 자리는 빼앗긴 땅
끝 모를 슬픔의 벽을 뛰어 넘어

오직 한 뼘 희망으로
산과 들에 능금이 주렁주렁 열리는
파란 꿈의 계절을 꿈꾸었으니

누가 있어 막을 수 있나
누가 있어 멈추게 할 수 있나

어둠을 깨치고 새벽처럼 찾아올 그 날을
우리 모두 신명의 춤사위로 맞이할 그 날을
　　　　　　—「에필로그—한 뼘의 희망으로」 전문

　이제 이 기나긴 고통과 수난, 영광과 부활의 서사는 에필로그에 다다랐다. 시인은 그 흐름을 '한 뼘의 희망으로' 받아들이고 있다. 그 희망은 "찬란한 용기"와 "푸른 맥박"으로 내닫는 간절하고 끈질긴 에너지로 현상한다. 빼앗긴 땅의 끝모를 슬픔을 넘어 "오직 한 뼘 희망으로" 살아온 이들의 "파란 꿈"은 누구도 막을 수 없고 멈추게 할 수 없다. 그 "어둠을 깨치고 새벽처럼 찾아올 그 날" 그리고 "우리 모두 신명의 춤사위로 맞이할 그 날"을 맞이하면서 오늘 우리는 광복 80주년을 생각해본다. 이제 "모든 것을 던지겠다는 각오 끝에/ 완성으로 나아가는 생"(「간절한 하루」)을 간절하게 소망하면서 말이다.
　이처럼 문현미의 시는 고통스럽게 지나온 시간에 대한 재현과 치유의 상상적 기록이자, 지상에서 아름다운 가치를 위해 싸운 존재자들을 향한 지극한 마음을 토로하고 앞으로 펼쳐질 역사에 대한 믿음을 담은 고백록이기도 하다. 그래서 그의 시는 스스로에게는 중요한 성찰의 계기가 되어주고 우리에게는 진정성 있는 의지의 목소리로 다가오고 있다. 물론 그 안에는 역사의 흐름에 관한 회상도 있고, 시간의 결을 만지면서 번져갔던 그분들 상처에 대한 위안과 경모 과정도 있다. 그러나 이 모든 것이 감상성에서 훌쩍 벗어나 삶의 보편적 이치에 도달하고 있는 것은 특별히 강조되어야 할 미덕이다. 그만큼 시인은 역사 탐구라는 기율을 충족하면서도 흐트러지지 않는 언어를 통해 서정적 예술성을 한시도 잊지 않는다. 그래서 이번 시집은 시간의 적층積層 속에서 역사를 해석하는 감각을 보여준 뜻 깊은 서정적 실례로 남을 것이다.

6. 예술적 승화를 거친 '이야기가 있는 서정시집'

우리는 서정시가 사사로운 감정의 숙주나 개체적 발언 형식에 머무르는 것이 아님을 분명히 알고 있다. 이때 서정시는 개인적 체험에 머무르지 않고 그 경험을 한결 보편적인 원리로 승화하면서 공공적인 '언어의 집'으로 모여든다. 이번 시집은 이를테면 그러한 의지를 통해 세상과 만나고 세상을 열려는 촘촘한 열망의 기록인 셈이다. 문현미 시인은 그것을 자신의 의지와 견고하게 결합함으로써 우리에게 역사의 깊이를 한껏 경험케 해준다. 역사에 대한 단아하고도 견결한 표현으로 모든 이에게 서정적 공감을 선사해간다. 그 점에서 이번 시집은 시인의 안목과 솜씨 그리고 역사관을 모두 녹여 슬픔과 희망의 균형적 존재론을 노래한 득의의 성과일 것이다.

이렇듯 시인은 현실에서 이룰 수 없는 원형의 세계를 회상하고 그리워한다. 온몸으로 겪어낸 고통과 매혹의 기억을 스스로에게 부여하면서 수많은 흔적을 새기는 파문으로 대상을 새롭게 생성해간다. 그리고 시인이 수행하는 이러한 기억은 역사적 특수성에서 실존적 보편성으로 나아간다. 삶의 경험을 자신의 언어로 세상에 남기는 일은 그가 스스로에게 부과한 남다른 특권이었던 셈이다. 그렇게 문현미 시인은 고통과 영광을 넘어 역사 너머로 견인과 초월을 시도하고 있는 것이다. 이번 시집은 이러한 기억과 추모의 강렬함에서 발원되고 완성되어간 예술적 세계이다.

무릇 자신이 견지하는 가치에 충실한 주체일수록 삶의 실체적 조건이 소망스런 진실에 부합되지 않을 때 모순에 항거하는 경향을 보이게 된다. 그런 면에서 볼 때 비판의 논리와 자성의 논리는 하나의 맥으로 수렴될 수밖에 없을 것이다. 문현미 시인은 그러한 비판과 자성의 과정을 겸허하고 아프고 아름답게 기록해갔다. 하지만 이번 시집은 한 시대의 역사를 정공법적으로 다룬 '서사시집'이 아니다. 철저하게 역사의 한순간을 향하여 예술적 승화 과정을 부여한 '이야기가 있는 서정시집'이다. 전사前史는 현재를 되비추고 현재의 역사는 과거를 되부른다. '시인 문현미'의 내면적 진정성으로 가득한 언어가 우리 역사를 이처럼 아름답게 되부르고 있다. 이번 시집 상재를 축하드리면서 이 연작 시편들이 한 뼘 희망으로 빛나는 눈부신 서릿발처럼, 우리에게 크나큰 위로와 용기를 건네주기를, 그래서 이번 시집이 온전한 미학적 성과로 기억되기를 마음 깊이 희원해마지 않는다.

문현미

1998년 『시와 시학』으로 등단.
독일 아헨대학교 문학박사, 독일 본대학교 교수 역임.
현 백석대학교 어문학부 교수. 백석문화예술관, 백석역사박물관 관장.
한국시인협회 이사, 시사랑문화인협의회 부회장.
시집 『가산리 희망발전소로 오세요』, 『아버지의 만물상 트럭』, 『깊고 푸른 섬』,
『사랑이 돌아오는 시간』, 『몇 방울의 찬란』. 칼럼집 『시를 사랑하는 동안
별은 빛나고』 등. 역서 『라이너 마리아 릴케 문학선집 1-4권』, 『말테의 수
기』, 안톤 슈낙, 『우리를 행복하게 하는 것들』 등.
박인환문학상, 풀꽃문학상, 한국시인협회상 등 수상.

서정시학 시인선 227
별이 빛나는 서대문형무소

2025년 2월 25일 초판 1쇄 발행

지 은 이 · 문현미
펴 낸 이 · 최단아
편집교정 · 정우진
펴 낸 곳 · 도서출판 서정시학
인 쇄 소 · ㈜ 상지사
주 소 · 서울시 서초구 서초중앙로 18, 504호 (서초쌍용플래티넘)
전 화 · 02-928-7016
팩 스 · 02-922-7017
이 메 일 · lyricpoetics@gmail.com
출판등록 · 209-91-66271

ISBN 979-11-92580-52-4 03810

계좌번호: 국민 070101-04-072847 최단아(서정시학)
값 14,000원

* 잘못된 책은 바꾸어 드립니다.

서정시학 시인선

001 드므에 담긴 삽 강은교, 최동호

002 문열어라 하늘아 오세영

003 허무집 강은교

004 니르바나의 바다 박희진

005 뱀 잡는 여자 한혜영

006 새로운 취미 김종미

007 그림자들 김 참

008 공장은 안녕하다 표성배

009 어두워질 때까지 한미성

010 눈사람이 눈사람이 되는 동안 이태선

011 차가운 식사 박홍점

012 생일 꽃바구니 휘 민

013 노을이 흐르는 강 조은길

014 소금창고에서 날아가는 노고지리 이건청

015 근황 조항록

016 오늘부터의 숲 노춘기

017 끝이 없는 길 주종환

018 비밀요원 이성렬

019 웃는 나무 신미균

020 그녀들 비탈에 서다 이기와

021 청어의 저녁 김윤식

022 주먹이 운다 박순원

023 홀소리 여행 김갈나

024 오래된 책 허현숙

025 별의 방목 한기팔

026 사람과 함께 이 길을 걸었네 이기철

027 모란으로 가는 길 성선경

029 동백, 몸이 열릴 때 장창영

030 불꽃 비단벌레 최동호

031 우리시대 51인의 젊은 시인들 김경주 외 50인

032 문턱 김혜영

033 명자꽃 홍성란

034 아주 잠깐 신덕룡

035 거북이와 산다 오문강

036 올레 끝 나기철

037 흐르는 말 임승빈

038 위대한 표본책 이승주

039 시인들 나라 나태주

040 노랑꼬리 연 황학주

041 메아리 학교 김만수

042 천상의 바람, 지상의 길 이승하

043 구름 사육사 이원도

044 노천 탁자의 기억 신원철

045 칸나의 저녁 손순미

046 악어야 저녁 먹으러 가자 배성희

047 물소리 천사 김성춘

048 물의 낯에 지문을 새기다 박완호

049 그리움 위하여 정삼조

050 샤또마고를 마시는 저녁 황명강

051 물어뜯을 수도 없는 숨소리 황봉구

052 듣고 싶었던 말 안경라

053 진경산수 성선경

054 등불소리 이채강

055 우리시대 젊은 시인들과 김달진문학상 이근화 외

056 햇살 마름질 김선호

057 모래알로 울다 서상만

058 고전적인 저녁 이지담

059 더 없이 평화로운 한때 신승철

060 봉평장날 이영춘

061 하늘사다리 안현심

062 유씨 목공소 권성훈

063 굴참나무 숲에서 이건청

064 마침표의 침묵 김완성

065 그 소식 홍윤숙

066 허공에 줄을 긋다 양균원

067 수지도를 읽다 김용권

068 케냐의 장미 한영수

069 하늘 불탱 최명길

070 파란 돛 장석남 외

071 숟가락 사원 김영식

072 행성의 아이들 김추인

073 낙동강 시집 이달희

074 오후의 지퍼들 배옥주

075 바다빛에 물들기 천향미

076 사랑하는 나그네 당신 한승원

077 나무수도원에서 한광구

078 순비기꽃 한기팔

079 벚나무 아래, 키스자국 조창환

080 사랑의 샘 박송희

081 술병들의 묘지 고명자

082 악, 꽁치 비린내 심성술

083 별박이자나방 문효치

084 부메랑 박태현

085 서울엔 별이 땅에서 뜬다 이대의

086 소리의 그물 박종해

087 바다로 간 진흙소 박호영

088 레이스 짜는 여자 서대선

089 누군가 잡았던 옷깃 김정인

090 선인장 화분 속의 사랑 정주연

091 꽃들의 화장 시간 이기철

092 노래하는 사막 홍은택

093 불의 설법 이승하

094 덤불 설계도 정정례

095 영통의 기쁨 박희진

096 슬픔이 움직인다 강호정

097 자줏빛 얼굴 한 쪽 황명자

098 노자의 무덤을 가다 이영춘

099 나는 말하지 않으리 조동숙

100 닥터 존슨 신원철

101 루루를 위한 세레나데 김용화

102 골목을 나는 나비 박덕규

103 꽃보다 잎으로 남아 이순희

104 천국의 계단 이준관

105 연꽃무덤 안현심

106 종소리 저편 윤석훈

107 칭다오 잔교 위 조승래

108 둥근 집 박태현

109 뿌리도 가끔 날고 싶다 박일만

110 돌과 나비 이자규

111 적빈赤貧의 방학 김종호

112 뜨거운 달 차한수

113 나의 해바라기가 가고 싶은 곳 정영선

114 하늘 우체국 김수복

115 저녁의 내부 이서린

116 나무는 숲이 되고 싶다 이향아

117 잎사귀 오도송 최명길

118 이별 연습하는 시간 한승원

119 숲길 지나 가을 임승천

120 제비꽃 꽃잎 속 김명리

121 말의 알 박복조

122 파도가 바다에게 민용태

123 지구의 살점이 보이는 거리 김유섭

124 잃어버린 골목길 김구슬

125 자물통 속의 눈 이지담

126 다트와 주사위 송민규

127 하얀 목소리 한승헌

128 온유 김성춘

129 파랑은 어디서 왔나 성선경

130 곡마단 뒷마당엔 말이 한 마리 있었네 이건청

131 넘나드는 사잇길에서 황봉구

132 이상하고 아름다운 강재남

133 밤하늘이 시를 쓰다 김수복

134 멀고 먼 길 김초혜

135 어제의 나는 내가 아니라고 백 현

136 이 순간을 감싸며 박태현

137 초록방정식 이희섭

138 뿌리에 관한 비망록 손종호

139 물속 도시 손지안

140 외로움이 아깝다 김금분

141 그림자 지우기 김만복

142 The 빨강 배옥주

143 아무것도 아닌, 모든 변희수

144 상강 아침 안현심

145 불빛으로 집을 짓다 전숙경

146 나무 아래 시인 최명길

147 토네이토 딸기 조연향

148 바닷가 오월 정하해

149 파랑을 입다 강지희

150 숨은 벽 방민호

151 관심 밖의 시간 강신형

152 하노이 고양이 유승영

153 산산수수화화초초 이기철

154 닭에게 세 번 절하다 이정희

155 슬픔을 이기는 방법 최해춘

156 플로리안 카페에서 쓴 편지 한이나

157 너무 아픈 것은 나를 외면한다 이상호

158 따뜻한 편지 이영춘

159 기울지 않는 길 장재선

160 동양하숙 신원철

161 나는 구부정한 숫자예요 노승은

162 벽이 내게 등을 내주었다 홍영숙

163 바다, 모른다고 한다 문 영

164 향기로운 네 얼굴 배종환

165 시 속의 애인 금동원

166 고독의 다른 말 홍우식

167 풀잎을 위한 노래 이수산

168 어리신 어머니 나태주

169 돌속의 울음 서영택

170 햇볕 좋다 권이영

171 사랑이 돌아오는 시간 문현미

172 파미르를 베고 누워 김일태

173 사랑혀유, 걍 김익두

174 있는 듯 없는 듯 박이도

175 너에게 잠을 부어주다 이지담

176 행마법 강세화

177 어느 봄바다 활동성 어류에 대한 보고서 조승래

178 터무니 유안진

179 길 위의 피아노 김성춘

180 이혼을 결심하는 저녁에는 정혜영

181 파도 닮은 아바이 박대성

182 고등어가 있는 풍경 한경용

183 0도의 사랑 김구슬

184 눈물을 조각하여 허공에 걸어 두다 신영조

185 미르테의 꽃, 슈만 이수영

186 망와의 귀면을 쓰고 오는 날들 이영란

187 속삭이는 바나나 지정애

188 더러, 사랑이기 전에 김관용

189 물빛 식탁 한이나

190 두 개의 거울 주한태

191 만나러 가는 길 김초혜

192 분꽃 상처 한 잎 장 욱

196 하얗게 말려 쓰는 슬픔 김선아

197 극락조를 기다리며 허창무

198 늙은 봄날 윤수천

199 뒤뚱거리는 마을 이은봉

200 신의 정원에서 박용재

201 바다로 날아간 나비 이병구

202 절벽 아래 파안대소 이병석

203 숨죽이며 기다리는 결정적 순간 박병원

204 왜왜 김상환

205 사랑의 시차 박일만

206 목숨 건 사랑이 불시착했다 안영희

207 달팽이 향수병 양해연

208 기억은 시리고 더듬거린다 김윤

209 빛으로 남은 줄 알겠지 이인평

210 시간의 길이 유자효

211 속삭임 오탁번

212 느닷없이 애플파이 김정인

213 탕탕 석연경

214 수평선은 물에 젖지 않는다 동시영

215 굿모닝, 삐에로 박종명

216 고요, 신화의 속살 같은 한승원

217 지구가 멈춘 순간 정우진

218 치킨과 악마 김우

219 천 개의 질문 조직형

220 그림 속 나무 김선영

221 서향집 이관묵

222 동백아, 눈 열어라 안화수

223 참회록을 쓰고 싶은 날 이영춘

224 등불 앞에서 내 마음 아득하여라 오세영

225 리을리을 배옥주

226 나무늘보의 독보 권영해